EMILIO GAROFALO
AQUILO QUE PAIRA NO AR

APRESENTAÇÃO DA COLEÇÃO

Este é um livro de meu projeto "Um ano de histórias". Há anos tenho encorajado cristãos a lerem e a produzirem histórias de ficção. O prazer de ler e escrever ficção é algo que está em meu peito desde a infância. Falo muito sobre o assunto num artigo disponível online chamado "Ler ficção é bom para pastor".[1] Nele, conto um pouco de minha história como leitor, bem como argumento acerca da importância de cristãos consumirem boa ficção.

É claro, para que haja boa ficção, alguém tem de escrevê-la. Tenho desafiado várias

[1] *Disponível em: http://monergismo.com/novo/livros/ler-ficcao-e-bom-para-pastor/*

pessoas a tentar a mão na escrita e, para minha alegria, alguns têm aceitado e produzido material de ótima qualidade. E aqui estou também, dando o texto e a cara a tapa. Este projeto é minha tentativa de contribuir com boas histórias. O desafio seria trazer ao público um ano inteirinho de histórias, lançando ao menos uma por mês ao longo do ano de 2021. No final das contas, são 14 livros. Há, é claro, muitas outras histórias ainda por desenvolver, sementes por regar.

As histórias do projeto podem ser lidas em qualquer ordem. Vale notar, entretanto, que embora não haja uma sequência necessária de leituras, elas se passam no mesmo universo literário. Não será incomum encontrar referências e mesmo personagens de um livro em outro. De qualquer forma, deixo aqui minha sugestão de leitura para você, caro leitor, que está prestes a se aventurar nesse um ano de histórias:

> Então se verão
> O peso das coisas
> Enquanto houver batalhas
> Lá onde o coração faz a curva
> A hora de parar de chorar
> Soblenatuxisto
> Voando para Leste
> Vulcão pura lava
> O que se passou na montanha
> Esfirras de outro mundo
> Aquilo que paira no ar
> Frankencity
> Sem nem se despedir e outras histórias
> Pode ser que eu morra hoje

Tentei ainda me aventurar por diversos gêneros literários. De romances de formação à literatura epistolar, passando por histórias de amor, *soft sci-fi*, fantasia e até reportagens. Ainda há muitos gêneros a serem explorados. Quem sabe em outro projeto. Se as histórias ficaram boas, só o leitor poderá dizer. De qualquer forma, agradeço imensamente pela sua disposição em lê-las.

AQUILO QUE PAIRA NO AR

Ao longo dos meses do projeto "Um ano de histórias", muitos me perguntaram se haveria uma obra mais puxada para a fantasia. Ei-la. Desde o início tive, sim, vontade de escrever algo mais fantástico. É um gênero que me agrada e por onde transitam os mais famosos exemplos de literatura cristã, como os internacionalmente famosos Tolkien e Lewis, bem como o autor brasileiro contemporâneo L. L. Wurlitzer.

Eu estava sem ideias, até que um dia a Ana Paula Nunes me sugeriu uma história fantástica envolvendo de alguma maneira as capivaras do Lago Paranoá, em Brasília. Foi a fagulha que faltava. A fantasia tem suas próprias regras – óbvio. Exige-se do leitor um certo nível de suspensão, de descrença. Claro, espera-se também que o autor exiba consistência interna em sua história. Sempre fiquei meio receoso em mergulhar de vez na fantasia; tirar a coleira, mas tirar mesmo. E lá vamos nós. Coragem.

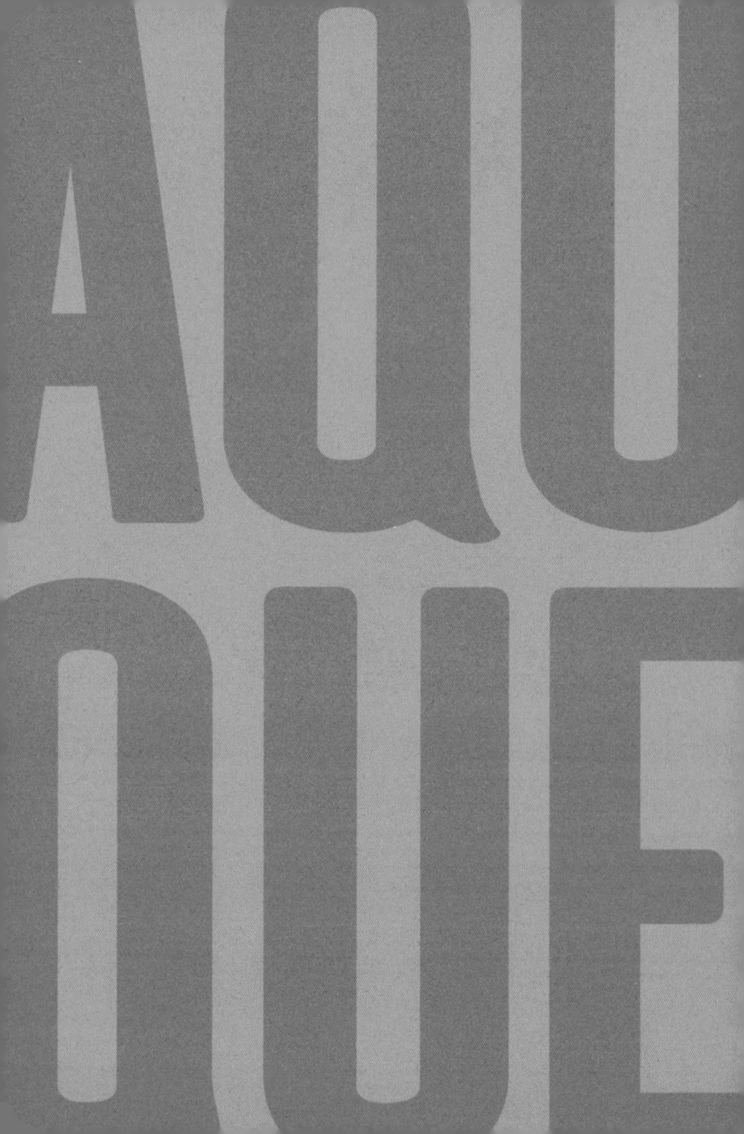
AQU

1
UMA IDEIA-CONVITE

Ponta de picolé. Um belo lugar para entrar numa gelada. Ponta de picolé! Era esse o nome. Melhor do que *ponta do iceberg*, pois ninguém aguenta mais essa expressão. Sim, ponta de picolé. Era assim que chamavam o tipo de terreno em que Bruce vivia numa baita casa com seus pais. Calma, explico. Em Brasília há uma região nobre de casas residenciais chamada Lago Sul. Tem esse nome por ficar, bem... na parte sul do Lago Paranoá. A cidade é toda bem planejada, e as casas nessa região são organizadas em conjuntos. Alguns desses conjuntos margeiam o lindo Lago Paranoá. Muitos desses grupos de cerca de vinte casas têm o formato de um picolé. E lá na ponta do tal picolé ficam os terrenos que dão diretamente para a margem do lago, com belo acesso à água. São, é claro, caríssimos e muito desejados. E assim era o terreno de Bruce com seus pais. Explicado. Vamos em frente.

Sua casa era bem grande. Não devastadoramente grande, mas ainda assim impressionante. Cinco suítes, três das quais nunca eram utilizadas. Bruce sabia que nem todos os colegas do quarto ano tinham casas grandes assim. Ele já fora a muitos aniversários e tinha ficado bem claro que seus pais tinham muito mais dinheiro, o que o envergonhava um pouco. Além disso, recebeu os coleguinhas no seu quintal quando fez 9 anos. Ficou encabulado com o assombro que alguns demonstraram perante o tamanho de sua morada, seu amplo quintal e o fato de terem até caiaques. O Marquinho ficou chamando o Bruce de *barão*. Bruce não entendia bem se aquilo era um xingamento, mas não gostou do jeito que Marquinho falou. Não gostou nadinha. As pessoas sabem dizer algo feio só com o jeito.

Bruce era muito solitário. Crianças solitárias carregam consigo uma melancolia ingênua que nenhum adulto solitário consegue sentir, ainda que tente por vezes aparentar. Amava seus pais, e eles o amavam, mas não podiam suprir um tipo específico de proximidade da qual o coração infantil precisava. Sem irmãos. Sem primos na cidade, uma vez que todos moravam na região serrana do Rio de Janeiro, de onde seus pais vieram para trabalhar em Brasília. Nenhum vizinho criança. Nas férias, mal via a turma do colégio. Era sozinho, dividindo seu tempo com o Nintendo e com o Amílcar, o fila brasileiro da família.

Bruce amava o lago. Amava demais. Passava horas observando os barcos, a gloriosa ponte Juscelino Kubitschek e o pôr do Sol. Já saíra de caiaque com seus pais algumas vezes. O pai cansava logo; a mãe até aguentava mais tempo, mas ele teria ido muito mais longe nos passeios se eles topassem. Sua mãe não gostava muito que ele entrasse na água, mas ele entrava assim mesmo. Virava o caiaque de propósito só para se molhar. Quando estava muito triste, vinha em sua cabeça uma ideia perigosa, meio esquisita e muito atraente. Sempre a mesma ideia que já o acompanhava há alguns anos. Ela surgiu quando um tio querido faleceu, e ele teve seu primeiro contato com a morte. Não o deixaram ir ao enterro, embora tenha pedido muito. Tinha vontade de ver como era um cemitério, já tendo, é claro, noções vindas de filmes. A tal ideia ia e vinha. Por vezes adormecia e sumia.

Ela recomeçou, entretanto, especialmente forte no dia de seu aniversário de 9 anos, no dia em que os meninos, incentivados pelo Marquinho, no final do"parabéns", ficaram cantando "Barão! Barão! Barão!".

A festa foi muito bem-organizada, é claro. Sua mãe foi quem insistiu para ter festa. O pai tinha dado a opção de irem a um hotel-fazenda perto de Brasília, e Bruce preferia mil vezes ter feito isso. Só de pensar em andar a cavalo, comer muito e brincar nas árvores do cerrado ele ficava bobo de alegria. Mas a mãe insistiu na festa, pois, segundo ela, tinham que registrar as fotos e as memórias. "No ano que vem vamos ao hotel, está bem?", disse daquele jeito que não faria muita diferença estar ou não de fato tudo bem.

Bruce pediu para o tema da festa ser "Os Vingadores". Ele ainda estava topando festas com tema, mas alguns dos amigos diziam que isso era coisa de bebê. Sua mãe comprou uma bela fantasia do Gavião

Arqueiro para ele usar na festa, mas, quando viu o Marquinho chegando, falou para a mãe que não ia usar a fantasia, não.

A festa andava bem. Em geral. O futebol com os meninos foi bem legal. Tinha um *cooler* com muitos picolés de tudo que era sabor. As meninas ficaram conversando e tomando chás e sucos na varanda da casa. De vez em quando uma delas vinha ver os meninos jogando, e todos ficavam exibidos querendo fazer mais dribles do que o normal.

Mas, como eu já disse — e lamento relembrar —, as crianças puxaram o grito de *barão* bem na hora do "parabéns", e Bruce queria sumir. Marquinho teve muito prazer naquilo – e, sim, era pura inveja, como você já desconfiou.

Na hora do "com quem será?" ficou ainda pior. Ele odiava essa parte da festa e tinha pedido à sua mãe para não ter. Mas o Marquinho puxou o coro. Na música, ao responderem à pergunta, as crianças falaram o nome que ele queria ouvir, o da Maitê Lucinha; e, por um pedaço de segundo, ele sentiu a pontada de esperança de os olhos dela brilharem, mas depois emendaram no "vai depender se o barão vai querer". E a Maitê Lucinha riu e disse que de jeito nenhum. Disse, acredite, ela realmente disse que preferia casar-se com um mico maluco a ficar com o Bruce. Todo mundo riu muito. Mico maluco. Imagina só.

Bruce sentiu novamente a vontade de ir para o lago. Era essa a tal ideia que vinha desde a morte de seu tio. Uma atração fortíssima pelo Lago Paranoá. Vontade de entrar e ver o mundo desde lá de baixo. Nem os brigadeiros interessavam mais. A mãe, preocupada em filmar o momento do "parabéns", nem sequer percebeu o drama. Tudo o que ele queria era sair daquele vexame e nadar sem direção e sem preocupação.

Chorou de noite no quarto. Bastante. A ideia vinha forte. Mal brincou com os jogos novos de Nintendo que ganhou, enviados pelos avós. Abriu alguns dos presentes, mas não todos. A ideia pulsava forte. Não sabia por que sentia isso. Naquela noite, a ideia se juntava persistentemente a uma lembrança recente: a de uma capivara que ele vira na beira do lago junto à outra das pontes da cidade naquela semana. A capivara olhou para ele quando passaram de carro. Olhou e sorriu. Sim: sorriu. "Capivaras não sorriem", pensou Bruce. Se sorriem ou não eu não sei, Deus o sabe. Mas aquela ali sorriu.

Acordou cedo no domingo, decidido a ir nadar no lago. Não na piscina aquecida que tinham. No lago. Bruce se agarrou à lembrança do sorriso amistoso da capivara. Colocou sua sunga preta e laranja e foi para o quintal. Seus pais ainda dormiam naquela manhãzinha de domingo. Ele tinha 9 anos. Ele se sentia invencível. Mas estava muito melancólico. Era como se o lago lhe prometesse algo. Ele foi decidido a entrar na água até o joelho. Muitas pedras espetando suas solas. Quase voltou. Pensou em nadar até passar por debaixo da Ponte JK, pelo menos. Mas sua vontade era ir até a Ponte das Garças, lá longe. Ou melhor, queria nadar sem parar. Sentia-se ao mesmo tempo muito triste e muito forte. Bruce não tinha como saber, mas essa é a combinação mais perigosa do mundo.

Ele entrou com tudo. A água estava estranhamente morninha e agradável. Foi nadando e nadando, até que dormiu enquanto parou para boiar um pouco. Sabia que cochilar enquanto boiava era perigosíssimo. Mas nem se deu conta do que acontecia. Foi só quando algo asperamente peludo esbarrou em sua coxa esquerda que ele despertou. Era tarde demais. Ouviu um assobio e se lembrou de qual animal já ouvira fazendo aquele som.

Duas capivaras estavam na água turva do Paranoá. Aqueles focinhos peludos e longos para fora do lago. Bem pertinho dele. Uma delas era bem grandona, chegava a 100 quilos. A outra, um pouco menor, mas com cara de poucos amigos, o que é muito incomum para capivaras, bichos famosos por sua carinha simpática. Aqueles dentões ameaçadores à vista. Os bichos pareciam maiores do que quando Bruce os enxergava perto da margem do Paranoá. O garoto se assustou e tentou nadar para longe, e só então se deu conta de que estava longe da margem. Começou a afundar, sentindo um peso nas pernas como se tivesse nadado por muitas horas. Na escuridão de estar apenas alguns poucos metros abaixo da água, ele não conseguia se orientar direito. Tentou seguir as bolhas que soltava, mas não achava a saída, por mais que tentasse. Pulmões infantis ardendo muito. Desmaiou.

2
AS CAPIVARAS

"Eu acho que ele está vivo sim. Olha como está fazendo bolha. E soltou até um pum. Vi bolha também."

Bruce ia voltando a si achando que estivera sonhando, ou algo parecido. Sentia-se encharcado e ficou pensando se molhou a cama após tantos e tantos anos de seu desfralde. Estava bem confuso e ouvia vozes, que certamente não eram de seus pais. Quando seus olhos se ajustaram, viu as capivaras, que o olhavam com curiosidade e afeto. A menor delas falou para a maior, de forma solícita:

"Acordou, general. Está bem, graças a Deus. Eu te falei que era ele..."

Bruce estava tentando entender o que se passava. Como ele entendia as palavras das capivaras? E parecia estar no fundo do lago, respirando! Como assim? Havia uma luz difusa quando ele olhava para cima, similar ao que vira tantas vezes do fundo da piscina de casa. Sempre ouvira que o lago era bem escuro, mas ali a água estava límpida.

A capivara menor falou: "Seja bem-vindo, jovem. Viemos te receber. Obrigado por atender ao chamado. Quando chegou a notícia de que você finalmente entrou no lago hoje bem cedo, nos apressamos para vir te ver. É uma alegria e também uma honra. Este lago o esperava há anos".

Bruce se esforçava para entender aquilo tudo. Quando estava confuso, costumava entrar num ciclo de perguntas.

"O lago esperava por mim? Que conversa estranha. E lago não é gente! Como pode esperar alguma coisa? E, ainda que

pudesse, quanto tempo um lago estaria disposto a esperar? E mais, esperar por mim? Por um simples menino?"

A capivara maior respondeu:

"Bem, não sei de onde você tirou isso de que só pessoas aguardam coisas. Mas, como você sabe, não tem muito tempo que o lago te espera, pois ele é filhotinho ainda."

A capivara começou a falar então num tom professoral; parecia algo já repetido centenas de vezes: "Bem, meu jovem. Vamos lá. O Lago Paranoá é artificial, como nem todos sabem. Construído desde quando Brasília estava sendo preparada para se tornar a Capital Federal do nosso Brasil. Mas, embora novinho, não é um lago pequeno, não. Cerca de 48 mil quilômetros quadrados. Desculpe, imagino que você já saiba disso tudo, sendo da região. É que me empolgo ao falar deste lago".

Bruce respondeu, espantado:

"Quarenta e oito mil quilômetros quadrados? E isso é muito?" Bruce às vezes focava a informação não essencial. Isso irritava muito sua mãe, que dizia que ele puxou isso do pai.

A capivara menor resmungou. "Não tem mais matemática no ginásio, não?" Como se isso fosse resposta.

Olhando a expressão confusa de Bruce, a capivara maior tentou traduzir a medida em algo mais intuitivo. Perguntou:

"Você gosta de futebol?"

"Gosto. Eu e meu pai somos tricolores."

"Tricolor? Certamente não! Eu estou vendo muitas cores em você, não somente três." A capivara o examinou detalhadamente. "Sua pele tem várias cores, ou, se preferir, tons da mesma cor. Mas seu braço é bem mais escuro que sua barriga. Sua bochecha é rosa. Seu cabelo tem cor de castanha, que não é exatamente a mesma de sua sobrancelha. Suas unhas são rosadinhas; essa cicatriz no seu joelho também é rosa, mas não o mesmo rosa da unha ou da bochecha..."

"Não, eu estava falando do meu time de futebol ter três cores. Sou Fluminense. As cores simbolizam a paz, a esperança e o vigor, unidos fortes..."

Bruce tentava explicar, mas a capivara interrompeu, meio irritada:

"Ah, sim. Entendido. Enfim, já que o rapaz é todo entendido de futebol, fica fácil. O lago Paranoá tem o tamanho de 6.722,69 campos de futebol – ou, poderíamos dizer, 6.723 menos uma grande área. Quase isso. Compreendeu? Agora vamos. Siga-me." Virou-se como quem deseja ser seguido. Bruce tentava fazer aquilo entrar na cabeça enquanto ia atrás das capivaras. Aliás, tinha muita coisa ali para entender, a começar pelo fato de que ele estava debaixo da água, respirando e conversando. E de alguma forma andava pelo fundo do lago. Não era exatamente como caminhar em terra firme, mas era parecido. Lembrou de um vídeo de homens andando na Lua, e como eles davam umas saltitadas. Era quase isso, mas os saltos eram menores do que nos vídeos da Lua.

Bruce se deu conta de estar sendo mal--educado com as capivaras. Nem tinham se apresentado civilizadamente, como seu pai sempre dizia.

"Desculpe, senhoras capivaras, nem nos apresentamos. Nem sei para onde estamos indo, mas acho que precisamos de nomes aqui. Qual o de vocês?"

A capivara maior parou e olhou para o rapaz.

"Senhora? Sou macho! E meu nome é Tomatinho. Mas prefiro ser chamado de General Tomatinho. Sou o líder do grupo aqui do Paranoá. Este ao seu lado, de olho para ver se você não apronta algo, é o Coronel

Crepúsculo. Meu olheiro mais afiado, meu afilhado mais estimado, o melhor assobiador e o terceiro melhor cozinheiro do nosso grupo. Qual o seu nome? Nós apenas sabíamos que viria um menino, mas não mais que isso..."

"Meu nome é Bruce", respondeu, tentando se conter para não rir dos nomes das capivaras. "Que nomes interessantes..." Lembrou-se de um filme de que a mãe gostava. "Crepúsculo é por ser meio peludinho assim como um lobisomem?"

"Lobisomem? Não, não há nenhum desses por aqui. O Coronel Crepúsculo tem esse nome pois o achamos perdido e ameaçado de morte num entardecer muito bonito, na região dos hotéis de turismo norte. Ele estava muito solitário e assobiamos para ele se juntar a nós."

Uma pausa e a melancolia pareceu tomar conta do General Tomatinho. "Nunca vou me esquecer da sua carinha doce quando nos ouviu. Nós, capivaras, somos criaturas crepusculares, estamos mais ativos sempre na viração do dia para a noite e na da noite para o dia. Nessa hora sentimos o vento santo que vivifica a noite, cria do vento que nos fez viver. Eu era o coronel do meu grupo naquele tempo e avistei o jovenzinho todo machucado por uma hélice de barco. Estava quase sem sopro quando o acolhemos. Olha o rostinho dele, onde tem uma baita falha de pelo entre o olho esquerdo e a ponta do focinho. Aquilo ali estava tudo rasgado. Mas cuidamos dele. Ouviu nosso assobio e assobiou de volta. Hoje ele é o coronel e eu o general. E o melhor assobiador do mundo."

Tomatinho foi ficando mais empolgado enquanto seguia na história: "Uma vez fizemos uma seresta aqui em Hipópolis e veio gente até do Lago Louise de 2010, aquele

lago lindão no Canadá. Crepúsculo assobiou por uns quarenta minutos. O pessoal
adorou o assobio de uma canção celta sobre
o amor de amigos. *Hipópolis é nosso lar, mas
não é, e amigos é o que temos enquanto não chegarmos em casa. E a gente sonha em estar com
quem é.* Ele assobiou com tanto sentimento,
que arrancou lágrimas até do rabugento Ulrico. Fez um dueto incrível com uma mor-
sa, certa vez, que devia ter sido gravado de
alguma forma. Ficou gravado no coração. É
nosso coronel..."

"Todos vocês têm patentes militares?"

"Claro, menino. Você acha que somos o
quê? *Hippies*?", respondeu Tomatinho, perplexo.

"Desculpe, não queria ofender. E seu
nome? 'Tomatinho'... de onde vem?"

"Essa história é longa e bela demais para
o dia em que amigos se conhecem. O tipo
de história que só pode ser compartilhada

após alguns meses de amizade. Um dia te conto, se chegarmos a esse ponto."

Tomatinho ficou olhando cuidadosamente para o menino. "Bruce, que mal lhe pergunte, mas você nasceu em Brasília mesmo? Ou em Gotham City? Não tente me enganar! Você sabe falar com morcegos?"

Bruce se apressou em explicar. "Meu pai é muito fã do Batman, sim, mas eu não sou ele. Sou só um menino. E sou do Rio."

"Rio? Já estabelecemos qual seu lago, mas de que rio? E qual sua cidade?"

"Não, você não entendeu. Sou do estado do Rio de Janeiro, cidade de Nova Friburgo. Mas vim pequeno para Brasília, nem lembro de morar no Rio. Sou fluminense. E meu lago é o Paranoá mesmo."

"Você já tinha falado que é fluminense."

"Não, eu tinha falado do meu time, não do meu estado. Quem nasce no estado é chamado assim, fluminense."

"Você é um fluminense-fluminense? Depois dizem que as coisas aqui é que são confusas..."

A capivara Tomatinho não ficou completamente convencida acerca da questão batmaniana. Mas deixou o assunto de lado. Ele, General Tomatinho, embora um tanto ranzinza, era sábio e imperturbável. Capivaras são animais pacíficos. Não importa o quanto você tente, elas não caem na treta de ninguém. Gal. Tomatinho prosseguiu nas apresentações:

"Estou lhe dando um desconto, Bruce, pois você acabou de chegar. Mas aqui em Hipópolis as apresentações são mais complexas. Sempre dizemos o nome, o sorvete favorito e o lago de origem. Então vamos, do começo. Eu sou Gal. Tomatinho, meu sorvete favorito é pistache com coco, e sou do Lago Paranoá. Já sei seu nome e lago, mas qual o seu sorvete?"

"Hipópolis? Você está falando de hipopótamos? Não seria melhor chamar sua cidade de Capivarópolis?"

"Não, Bruce", disse Tomatinho entre o irritado e se divertindo. "Não é nossa cidade. E nem a dos hipopótamos, embora essa seja uma confusão comum. Hipópolis significa 'a cidade abaixo'. Isso puxando pelo grego, que, embora não seja minha referência primária, é o nome que colou. A cidade tem muitos nomes em outras línguas. Já hipopótamo quer dizer 'cavalo do rio'. Sei que é parecido. Inclusive os hipopótamos que vêm aqui do Lago Victoria se acham o máximo. Mas a sujeira que os miseráveis deixam no *espiroboliche*..."

"Cidade abaixo? Eu morri? Aqui é...", disse Bruce empalidecendo.

"Não, não. Calma. Ninguém morreu, não. E isso em que você está pensando não é aqui não. É bem mais abaixo e sem saída. Aqui a gente pode ir e voltar quando bem entender. Mas parece-me que o senhorito está me enrolando, garoto-morcego. Qual seu sorvete favorito? Não daremos nenhum passo a mais sem isso ser revelado."

"Eu não sou o Batman, já disse. Meu pai que é fã e ganhou da minha mãe em uma aposta envolvendo uma asa delta e um macaco de pelúcia. E meu sorvete favorito é flocos. Mas meu picolé favorito é de uva."

Tomatinho deu-se por satisfeito. "Ótimas escolhas sorveterianas. Um tanto óbvias, mas aceitáveis por conta de sua pouca idade e reduzida experiência em combate."

Conversavam enquanto seguiam num caminho estreito debaixo d'água. Era como uma trilha entre plantas aquáticas e rochas submarinas. Tomatinho explicou para Bruce que estavam para entrar em Hipópolis, mas que seria bom compreender que a cidade é a confluência de uma conexão profunda entre setenta lagos. Os caminhos se encontram na cidade submersa.

"Setenta lagos? Tudo no Distrito Federal?"

"Está maluco, menino? Só o Paranoá é um ponto de acesso na região de Brasília. Aliás, o único ponto de entrada de todo o Planalto Central. São setenta lagos de lugares diferentes. Alguns de muito longe. No Brasil, atualmente, são somente quatro acessos. Um deles é a Lagoa da Pampulha, em Belo Horizonte. Outro é o Açude Velho, em Campina Grande. Vem cada coisa de lá... E eles se conectam nesta cidade submersa. Os habitantes de cada região podem vir aqui embaixo para conversar, se conhecer, jogar *espiroboliche* ou mesmo contar histórias. E, claro, conspirar para ajudar no cumprimento da missão."

"Missão? Espera, setenta lagos de lugares distantes? Tem túneis subterrâneos ligando os lagos?"

"Túneis? Você está maluco. Falta-lhe ainda imaginação. Muito tempo debaixo do Sol deixa as pessoas assim, sem imaginação", respondeu Tomatinho, rindo sem disfarçar muito o desdém. Crepúsculo sorriu junto.

"Isso é sensacional!", exclamou Bruce, deslumbrado. "Então daqui eu posso ir para qualquer lugar distante usando o lago! Será que tem caminho para o lago da Disney? Seria ótimo..."

Tomatinho olhou para o garoto com compaixão. Aquele era um erro comum.

"Desculpe, não estou sendo claro. As pessoas podem chegar aqui através dos muitos lagos, mas só podem voltar para os lagos por onde entraram. E só podem voltar com aquilo que veio de lá. Você entrou pelo Paranoá, e tem de voltar pelo Paranoá. Não pode ir para outra parte do espaço-tempo. E não pode levar nada daqui ou de outro lago consigo, somente informação. E, sim, o lago da Disney está conectado aqui. O Pato Donald sempre vem com a Margarida. Mas o Donald dos anos 80." Bruce estava cada vez mais confuso. Como assim Donald dos anos 80? Será que a capivara estava zombando dele, igual o Marquinho fazia? Achou bom perguntar. Tinha aprendido com sua mãe que, quando a gente não entende algo, é só perguntar. Não precisa ter vergonha.

"Como assim o Pato Donald dos anos 80?"

Tomatinho olhou para Bruce com aquele jeitinho no olhar de quem estava irritado, mas de repente a irritação vira dó.

"Foi muito tempo no Sol. E ainda nem tem 10 anos, tadinho. A imaginação dele secou totalmente", disse meio que para si mesmo. A outra capivara concordou, com um leve balanço do focinho.

"Bruce, vamos lá. Aqui em Hipópolis a situação é um pouco diferente da superfície. Lá fora, tempo e espaço são bem organizadinhos e tudo o mais. Como você conhece.

Aqui a coisa embola. Intencionalmente. A ideia é que este lugar seja uma base para podermos agir e coordenar o apoio à missão em vários momentos do mundo e em épocas diferentes. Então são setenta lagos, mas todos eles em tempos diferentes. Tem o lago da Disney dos anos de 1980. Tem o Tanganyika, mas não lembro bem de qual época. Tem o Lago Ness de 1800 e pouco. Quando o Nessie vem aqui é uma festa. O Lago Pukaki de 1970 – e olha, o que acontecia ali na Nova Zelândia nessa época... Mas enfim. Lago de Garda na Itália nos anos 90! Amo um senhorzinho italiano que sempre aparece cheio de histórias. Lago Tahoe em 1960. Lagoa da Jansen em São Luís do Maranhão no ano 2005. Lago Qinghai em 1200... Entra de tudo um pouco aqui para Hipópolis. Mas todos fazem parte do esforço para ajudar a missão de jeitos sutis, ou nem tanto. Ah! Tem o Lago Michigan de 2060 e, olha, Chicago está um esplendor.

Dizem. Tem o Lago Titicaca na época em que os incas moravam na Isla del Sol. E assim vai. E essa turma aparece aqui bastante. De Brasília até que vem pouca gente. Entramos mais nós mesmos, as capivaras, e um ou outro humano. Ah, sim, e um ou outro quero-quero que vem seguindo a gente."

Isso tudo parecia lembrar Bruce de algo que seu pai havia lido para ele na hora de dormir. O pai era ótimo narrador. Fazia vozes e entonações como ninguém.

"Espera, não tem um livro daqueles de Nárnia que tem uma floresta com um monte de lagos que leva a mundos diferentes? É isso?"

"Muito bem lembrado! Vejo que está sendo bem educado. Parabéns à sua família. Mas não, não se trata da mesma coisa. Embora haja semelhança no fato de lagos proverem acesso, aquela floresta da história leva a realidades diferentes e separadas. Hipópolis conecta lugares no mesmo universo. Mas de fato há, sim, semelhança. Por vezes a ficção imita a realidade. Vai saber o quanto Lewis sabia dessas coisas... Será que ele já esteve por aqui?" Tomatinho ficou pensativo por um tempo. Coronel Crepúsculo interveio: "Possível... mas é tudo conjectura. Quem sabe um lago em Oxford se conecte aqui com Hipópolis, e o próprio velho Jack vem falar conosco sobre isso um dia desses. Aliás, já ouvi falar que nesse mundo que ele criou os visitantes são recebidos por uns castores. Não sei se você sabe, mas castores são uns primos nossos muito amáveis."

Bruce ficou intrigadíssimo com aquilo. Mas, estranhamente, tudo pareceu muito plausível. Como quando um teorema bem complexo de matemática, uma vez compreendido, esclarece muito mais do que apenas o assunto em si. Era como uma pecinha do quebra-cabeça que o ajudou a ver algo que estava na ponta da língua da mente.

Crepúsculo aproveitou o momento com

Bruce para perguntar sobre algo que o incomodava:

"Bruce, uma curiosidade. Por que vocês, humanos, fazem tantas brincadeiras usando a imagem das capivaras em vão? Desenhos, brinquedos, ilustrações e... o pior... memes! Ou seja lá como for que chamam essas coisinhas de internet..." – nessa hora ele colocou a língua para fora: "Nós somos uma piada para vocês? Vocês nos veem como seres indignos de respeito?"

"Não, de jeito nenhum! Acho que as pessoas pensam em vocês como bichinhos simpáticos, só isso. Vocês têm uma carinha amistosa..."

Crepúsculo ouviu a resposta e ficou aliviado. Mas logo o alívio deu lugar à exultação.

"Chegamos!", exultou o pequeno Crepúsculo, interrompendo os pensamentos de Bruce e disparando na frente para entrar na cidade.

45

3
ENTRANDO NA CIDADE

Hipópolis, à primeira vista, não parecia muito diferente de uma cidade antiga, dessas que se vê em imagens da Pérsia, da Babilônia ou de outra grande parte do mundo antigo. Claro, havia um mundaréu de algas, anêmonas, crustáceos dependurados para todo lado. Uma cidade subaquática, mas era como se ela não estivesse completamente submersa, fosse ao mesmo tempo seca e molhada. Algo impossível de pôr em palavras para quem nunca esteve lá, e um baita desafio mesmo para quem já a conhece bem. Portais enormes, colunas, edificações de bom gosto feitas em pedras rosadas e madeira. Tudo colorido e decorado por plantas aquáticas.

Bruce estava deslumbrado e perguntou se podia passear por Hipópolis; Tomatinho falou que podia, sim, é claro: "É para isso que você veio! Conhecer o lugar, tomar pé da situação e, depois, tomar uma decisão. Mas cada coisa a seu tempo. Aqui é um lugar para fazer amigos e comparar ideias sobre a vida. Nós nos reunimos para encorajamento mútuo e, se preciso, para um puxão de orelha. Compartilhar histórias e lendas. Ensinar jogos e trocar receitas culinárias. E pensar em formas de ajudar na missão. Você vai conhecer bem o lugar, mas agora vamos juntos um pouco mais, tem algumas coisas para fazermos juntos".

Tomatinho falou e já se virou em direção à parte mais elevada da cidade. Estavam bem nos limites de Hipópolis e seguiam por uma larga avenida com algas muito coloridas e corais na beira do caminho todo. Lagostas ficavam à beira do trajeto, parecendo bem intrigadas com o novo visitante. Tomatinho claramente esperava que Bruce o seguisse. Eram muitas perguntas. Para começar, como era possível estar vivo embaixo da água e ainda de papo com duas capivaras e entrando numa cidade subaquática? Nem isso lhe estava claro até o momento, e agora tudo ficava ainda mais biruta andando e saltitando pela tal Hipópolis.

Estava com um pouquinho de medo, sim. Mas a mesma atração que ele sentira em direção ao lago, aquela vontade de sair nadando, agora o puxava para dentro da cidade. Bruce não deixava o medo dominar, e seguia atrás das capivaras. Coronel Crepúsculo ia assobiando o inesquecível tema do filme *A ponte do Rio Kwai*. Aliás, Coronel Crepúsculo estava constantemente assobiando melodias de canções que continham assobios famosos. Era um espetáculo de se ouvir. Vinham seres até do Lago Uvs, na fronteira da Mongólia com a Rússia, só para ouvir Crepúsculo assobiar, diziam.

Bruce foi andando/flutuando/saltitando pelas avenidas de Hipópolis enquanto enchia Tomatinho de perguntas.

"O tal Nessie que você diz é o monstro do lago Ness?"

"Ele mesmo. Mas de monstro não tem nada. Melhor jogador de rugby que já vi."

"Ele é o que, se não um monstro? Um dinossauro?"

"Você acha que só existem essas duas possibilidades? Imaginação severamente desidratada, Coronel Crepúsculo. Vamos precisar ajudar muito", respondeu Tomatinho, voltando-se para a outra capivara.

Quanto mais passeava, mais Bruce percebia que Hipópolis era um esplendor comedido. Um lugar bonito, mas que transpirava a impressão de já ter sido ainda mais belo. À medida que avançava, percebeu que aquele estilo mais "mundo antigo" que ele vira na entrada e em outras partes lembrava uma região da Europa que ele tinha conhecido com seus pais numa longa viagem no ano anterior. Em alguns lugares, lembrava umas vilas inglesas; em outros, pequenas cidades italianas, e até um toque ou outro de cidades tchecas. A arquitetura que Bruce achava "europeia" era, na verdade, tanto o resultado como a inspiração para movimentos do mundo todo. Tudo simples e desenvolvido. Ornado, mas não exibido. Parecia algo que simplesmente poderia ficar adequado em qualquer parte do mundo. Atemporal. Ao olhar aquelas casas, Bruce não sabia dizer se parecia algo moderno ou antiquado. As edificações não passavam de 15 andares. Tudo muito atraente aos olhos. Não era uma cidade grande, não. Ao menos até onde ele enxergava. Aparentava ter diversas praças e muitos estabelecimentos alimentícios. Passaram por uma academia de ginástica, muitas sorveterias, uma loja de conveniência e algumas de roupas.

Pararam para um sorvete de ostra na maior sorveteria de Hipópolis, a Tunnsjøen. Um espetáculo de lugar. Mais de duzentos sabores, muitas coberturas e acompanhamentos. Casquinhas, cascões e todo tipo de receptáculo comestível para servir sorvete. Junto com o Gal. Tomatinho e o Cel. Crepúsculo, chegaram várias outras capivaras para conhecer o Bruce. Capivaras ou *capis*, como o Tomatinho as chamava. Vinham entrando numa fila bem organizada, e o menino se lembrou de algo que seu pai falava: que paulista adora fila. Ficou pensando se as *capis* são originárias de São Paulo. Chegaram e foram se apresentando ao Bruce. Todas muito amáveis. Nomes sensacionais e absurdos. Ele não conseguiu guardar nenhum. Muitas patentes militares. Várias vinham acompanhadas de um passarinho que ficava nas costas comendo insetos. Um bicho tranquilão, essa tal capivara.

Enquanto tomavam sorvete, algumas pessoas, humanas mesmo, chegaram e se sentaram na mesa ao lado da dos nossos heróis. Bruce já tinha avistado humanos por Hipópolis, bem como vários animais que, até onde ele sabia, não moravam no Brasil e muito menos debaixo d'água. Ninguém ali parecia achar estranho haver capivaras falantes tomando sorvete. Aliás, o Coronel Crepúsculo encheu o sorvete dele de granulado colorido, jujuba e leite condensado. Era muito leite condensado mesmo, e aquele focinho peludo e cheio de cicatrizes ficou todo lambuzado. Adorável. O grupo humano que chegou estava muito bem agasalhado e todos falavam com um sotaque estranho, duro, afiado. Mas dava para entender. Conversavam sobre algum tipo de operação que envolvia livros escondidos num fundo falso de um caminhão.

"Esse pessoal é russo; chegou aqui pelo Lago Baikal, nos anos 60. É o lago mais profundo da Terra e fica localizado na Rússia. Fundo, que é uma coisa gloriosa, ninguém sabe de verdade quão profundo ele é. Aliás, de vez em quando eles vêm; o país ainda tem outro nome e é bem perigoso para a nossa turma. Uma loucura de frio. Precisa se agasalhar para entrar no Lago Baikal. Mas, felizmente, o acesso a Hipópolis não fica muito profundo, não – apenas uns 4 metros abaixo da superfície. Essa turma é muito bem-preparada. Veja como estão bem armados", disse Crepúsculo apontando para um depósito de armas na entrada da sorveteria. "Todos aqueles rifles e granadas são deles. Até aquele lança-foguetes."

"Russos? Mas como estou entendendo o que eles falam?", questionou Bruce.

"É que aqui todo mundo se entende, não importa a língua que fale. Fica um sotaque, mas dá para entender."

"Aqui todo mundo fala português?", perguntou Bruce.

"Nenhum de nós está falando português, Bruce. Nem você."

Bruce deu uma lambida no sorvete de ostra, que era surpreendentemente bom. Retrucou meio desconfiado.

"Estamos falando o que, então?"

"A velha língua de Hipópolis. Uma língua que é anterior até mesmo à cidade ter esse nome. A primeira das línguas, ou o que sobrou dela. A língua que o homem sem mãe falava, mas seriamente reduzida. É como a versão em preto e branco de algo que já foi colorido. Como um restinho de sonho que fica na mente por um tempo logo que você acordou. Só aqui usando essa língua, ou o que sobrou dela, é que animais conseguem se comunicar com humanos."

Bruce guardou aquela informação. Língua velha? Como assim? Homem sem mãe?

Ele tinha um colega que não conhecia o próprio pai, mas como assim *sem mãe*? Estava tentando entender melhor aquele lugar estranho. Era uma cidade, isso parecia claro, muito parecida com algumas que ele já vira na televisão. Não era muito como Brasília, mas como algo da Europa, e cada vez mais ele se lembrava de uma viagem que fizeram para Veneza quando ele tinha 6 anos. Ou seria mais parecido com um programa de viagens ao qual ele assistia com sua mãe, um que mostrava as cidades do mundo? Ele preferia assistir ao *Masterchef*, mas sua mãe insistia naquele programa de viagens. "É meu *wanderlust*, filho. Deixe a mamãe sonhar mais", dizia ela, como se ele soubesse do que a mãe estava falando.

Nisso, um grupo de esquilos cinzentos entrou na sorveteria como quem manda no ambiente. Pediram sorvete de noz com molho de mostarda e mel. Sentaram-se em cadeiras adaptadas para sua altura. Ficaram olhando com estranheza para o grupo das *capis* e Bruce. Risadinhas e comentários de lado. Bruce não estava gostando nem um pouco daquilo. Lembrava alguns momentos em sua escola, quando, no recreio, ficava de lado. Crepúsculo amavelmente falou:

"Não liga para eles, Bruce. Esses são os esquilos que entram pelo lago do St. James Park, em Londres. São muito, muito metidinhos para o meu gosto. Se olhar bem, não passam de capivarinhas malnutridas..."

"E vocês não passam de esquilos inchados e sem rabo, suas chatas. Sim, estamos ouvindo a fofoquinha de vocês aí", disse um esquilo cinzento com cara feia.

"Ah, é? Então vamos ver o quanto uma de nós pesa? Coronel Crepúsculo, que tal pular sobre esse esquilinho de uma figa e ver o quanto ele aguenta?", ralhou Tomatinho.

"Venha!", disse o esquilo pulando sobre a mesa, dentinhos trincados.

Bruce estava entre os dois grupos, já bem nervoso de se ver no meio de uma briga. Dentes e garras em ampla evidência. O esquilo pulou no pescoço do Coronel Crepúsculo e os dois caíram na risada e num abraço gostoso.

"Há quanto tempo, George! Saudades de vocês, seus birutas! E aí? Aterrorizando turistas em St. James Park?"

"Sim! Principalmente brasileiros que nem vocês. Um dia desses, eu e uns amigos tentamos jogar uma brasileira no lago; a gente ia roubá-la para a gente. Muito amável. Nos alimentou bastante. Queria trazê-la para cá, para Hipópolis. Tentar recrutá-la. Mas diga, esse é um recruta novo? Carinha abobalhada, hein?"

Os esquilos eram bem ousados e não tinham muitos modos. Capivaras e esquilos ficaram uns dez minutos contando histórias uns para os outros. Muitas provocações bem-humoradas das duas partes. Quatro princípios de briga de brincadeira. Um início de briga real.

Quando os esquilos os deixaram em paz, Bruce quis retomar as perguntas. O garoto sabia algo sobre haver uma cidade submersa dentro do Lago Paranoá. A tia Giovanna tinha ensinado na escola. Foi assim: quando Juscelino Kubitscheck pôs em prática aquele plano maluco de trazer a capital do Brasil para o Planalto Central, foram feitos muitos projetos. E um deles envolvia uma ideia antiga de represar o Rio Paranoá e encher a parte mais baixa do relevo, até chegar mais ou menos no ponto em que daria a altitude de mil metros acima do nível do mar. O presidente chamava esse lago de "a moldura líquida da cidade". Bruce quis se mostrar entendido; cuidadosamente tentou perguntar:

"Eu já tinha ouvido dizer na escola que tinha uma cidade debaixo do Lago Paranoá, mas nunca imaginei algo assim!"

General Tomatinho respondeu tranquilo:

"Calma, Batminho, você está confundindo as coisas. No Paranoá teve, sim, uma vila onde morava bastante gente antes de represarem o rio e que aos poucos foi ficando debaixo d'água. Isso existiu, sim. O lugar teve vários nomes, e o último foi Vila Amaury. Até hoje mergulhadores encontram coisas como tratores, brinquedos, calçados e muito mais. Eu mesmo já achei umas coisas bem interessantes por lá!"

Tomatinho gosta de ensinar. Dá para ver o prazer em seu focinho.

"Mas isso aqui, pequeno combatente vingativo, não é o que sobrou da Vila Amaury, não. Esta cidade é a habitação mais antiga do mundo. Ou o que foi feito dela. Embora tenha sua origem anterior ao dia mau, ela tomou essa forma contemporânea como preparação para o conflito milenar. Foi destinada a ser uma preparação, um local de treinamento e planejamento para nos organizarmos e termos resposta para a cidade má que um homem horrível fez, e que felizmente não existe mais. Ao menos não do jeito original. Ele era um caçador valente e odiava o Criador. E você imagina o que nós pensamos de caçadores. Ele se rebelou contra o Criador e fez uma cidade. Queria ser o mais famoso do mundo."

Era muita coisa para absorver, e Tomatinho prosseguiu, mesmo sabendo que Bruce não conseguiria absorver tudo aquilo de uma vez. Tomatinho seguiu, em tom conspiratório:

"Hipópolis já foi fora da água. E tinha outro nome, é claro. Esta versão aqui foi feita para ser uma forma de comunicação rápida entre animais e pessoas do mundo todo e de todas as eras relevantes para o momento do conflito. Algo muito importante para lidar com as crises que a gente vem percebendo e enfrentando. E para ajudar na maior missão."

Bruce estava muito intrigado. "Que crises? Me conta mais!"

"Ah, meu caro. Todo tipo de coisa. Guerras, pandemias, revoluções, notícias que vêm de fora e que precisam ser compartilhadas. Numerosas ocasiões em que tentaram exterminar nosso povo. São sempre 70 localidades que se comunicam entre si no tempo e no espaço. Embora, valha entender, não sejam sempre as mesmas 70. Adaptações vão ocorrendo conforme a necessidade", explicou Gal. Tomatinho. Nisso ele parou para ir pegar calda de caramelo. Aplicou-a cuidadosamente sobre o sorvete de ostra. Provou. Colocou um pouco mais. Provou de novo. Voltou e continuou sua explicação: "O Lago Paranoá foi o último a entrar no grupo de 70, substituindo uma estação que foi, bem, como direi, encerrada pela administração. A estação deu problema. Aliás, são três os lagos para os quais a administração precisou fechar o acesso. Tentaram cimentar. Não adiantou. Fecharam com plutônio. Piorou, pois surgiram mutações. Tentaram barreiras de *arcolasers*. Nada. Sabe o que funcionou? Chega a ser hilário..."

Um barulho estridente vindo da cozinha interrompeu o general. Algo pesado e cheio de vidro, quebrando para valer. Uma voz mole lá da cozinha disse: "Está tudo bem, não precisa vir aqui."

Tomatinho deu de ombros capivarícios e falou:

"Onde eu estava mesmo? Esqueci. Enfim, foi muito bacana quando o lago aqui encheu."

Bruce tinha muitas perguntas. Era muita informação. Queria entender melhor a história de Hipópolis e essa habitação antiga de que ele falava. Mas a curiosidade sobre o lago local ganhou a corrida da cabeça para a boca:

"Você já estava aqui, Tomatinho? Quando o Paranoá se tornou uma estação oficial? Como foi quando fecharam a represa?"

Coronel Crepúsculo olhou para cima com aquela cara de quem já ouviu a história mil vezes. Tomatinho nem notou.

"Eu já estava, sim. Mas na época eu era coronel. E o Crepúsculo ali era apenas um filhote. Ele ficava rolando e rolando sobre a grama na hora da viração do dia. Uma fofura. Foi mais ou menos quando o encontramos. Eu vim com o meu bando rio abaixo. Tinha o pessoal humano que morava na tal Vila Amaury. A água foi enchendo a região do lago e as pessoas, a princípio, ficaram. Foi só uma volta no Sol depois, com a água chegando no joelho, que todo mundo foi evacuado. Mas tiraram as pessoas e algumas coisas. Não o resto. Dentro do lago tem de tudo. Trator, brinquedos, motos, todo tipo de coisa que ficou."

Bruce se lembrou da história que ouviu de seu pai muitas vezes.

"Será que foi assim no dilúvio de Noé? O mundo todo ficou como uma Hipópolis, tudo debaixo da água? Será que ficou tudo meio funcionando desse jeito até que a terra foi voltando?"

"Não exatamente. Quem ficou debaixo da água naquele tempo faleceu. Apenas quem entrou na arca do Barqueiro sobreviveu. Mas olha, foi parecido, sim, no sentido de que ninguém acreditava que ia encher, mas encheu. Aliás, os bichos acreditavam. Ao menos nós, capivaras. Aliás, fomos nós que convencemos os jacarés a ir. Não foi, Jacarias?" – Tomatinho falou alto, virando-se para outra mesa. Tinha um grupo de jacarés tomando sorvete na varanda da sorveteria. Bruce nem tinha percebido. O tal do

Jacarias tinha ido comprar água com gás e passava pela mesa naquele instante. "Foi, Tomatinho. Foi. Todos temos uma dívida enorme com vocês, como a cada geração somos insistentemente lembrados." Seguiu em seu caminho.

"Jacarias? Não seria Zacarias?"

"Claro que não, rapaz. Todo jacaré tem um nome que começa com Jaca. Jacantônio, Jacandrade, Jacarina, Jacariadne (uma baita astrônoma), Jacanselmo... E, sim, é a pura verdade, os jacarés só toparam entrar na arca pois Kavyr os convenceu. Eu sei que os jacarés nos acham meio metidos, mas somos na verdade apenas muito prestativos e nos importamos com outras espécies. Só os golfinhos são tão atenciosos como nós. E alguns cachorros peludinhos que agora esqueci o nome."

Bruce percebeu nas capivaras um orgulho bem firme. Mas não do jeito ruim, como ele via nos humanos na escola e num tio seu.

"As capivaras têm", disse entusiasmado o Gal. Tomatinho, "uma elevadíssima opinião de si mesmas. Nos sentimos tão tranquilas acerca de nosso lugar na criação que somos livres para ser simpáticas com todos. Até com os hipopótamos. O nome de nossa espécie vem da língua hebraica, uma modificação do termo para glória ou peso, *kavod*."

"Tem certeza!?", interrompeu um boto-cor-de-rosa que ouviu aquilo de passagem. "Meu pai me ensinou que vem do tupi-guarani..."

"Macacos me mordam debaixo d'água!", vociferou Tomatinho.

"E de onde você pensa que os tupis pegaram o termo, Luizão? Hein? Dele, de Kavyr e de sua amada Ara, meus antepassados que entraram na Arca de Noé. O nome meio que pegou pelo mundo todo, embora, sim, depois da secagem, como ficamos mais aqui pela América do Sul, os tupis é que tenham perpetuado o nome. Kavyr e Ara. O casal do reinício."

"Aliás", continuou Tomatinho, empolgado, "hebraico tampouco é a língua original. Ela é, inclusive, uma língua relativamente bem filhotinha ainda. O termo vem da língua real; a que se falava no Velho Jardim. Ela é muito parecida com a que estamos falando, Bruce. Foi corrompida na cidade do Caçador e de lá surgiram as outras, mas algo se preservou aqui em Hipópolis. Conversamos na língua original, mas é, devo admitir, uma versão meio danificada e bem menos gloriosa da língua que o Primeiro, o jardineiro e sua costela falavam."

Era muita coisa para absorver. Bruce estava fascinado com toda aquela história que era tão impressionante, que seu coração sabia ser verdadeira.

Tomatinho, excelente contador de histórias que era, fez uma pausa dramática. Ele dava suas voltas e quase sempre voltava ao ponto.

"Kavyr disse que a maioria das pessoas não acreditou que o mundo ia encher de água, não. Os animais acreditaram, mas as pessoas não. Aliás, foi assim no Paranoá também, sabia? Muita gente, até gente famosa, dizia que nunca ia encher coisa nenhuma. Rá! Aliás, quando o lago ficou pronto, o presidente Juscelino fez questão de mandar um telegrama para os críticos dizendo: 'Encheu, viu?'". Tomatinho deu uma risada gostosa. "Bem que o Criador podia ter mandado um bilhetinho assim também para o mundo todo. Mas a chuva falou mais forte que qualquer bilhete."

"Como você sabe de tudo isso?" Perguntou Bruce.

"Oras bolas, é a história contada de geração em geração de capivaras, desde o casal primordial que esteve na arca. Somos muito cuidadosos em transmitir a história de forma oral, com cada detalhe. Justamente por não sabermos escrever, tem de ser tim-tim por tim-tim."

"Milhares de anos depois e ainda se sabe o nome do casal de capivaras da arca?" Bruce estava muito supreso.

"Ué, você não sabe dos humanos?" Respondeu Tomatinho com uma carinha fofa de espanto.

"Só do homem, Noé. Aprendi na igreja."

Bruce queria entender aquilo tudo. Mas nisso a porta da sorveteria abriu e entraram alguns homens muito estranhos. Vestidos com roupas que pareciam vir de filme de guerra medieval. Daqueles que seu pai queria que ele assistisse, mas que sua mãe dizia ser cedo. Armaduras brilhantes, mas muito arranhadas e amassadas, espadas, lanças, arcos, maças e rostos de quem já viu muita batalha. Sentaram-se na sorveteria e pediram sorvete de hidromel.

"Quem são eles?", perguntou Bruce.

"São cavaleiros medievais. Acho que hoje o pessoal os chamaria assim. Mas é bem mais complexo do que isso. Entraram por um lago no sudoeste da França, perto de Bordeaux. Bem, melhor dizendo, do que hoje a gente chama de França. Eles são de um tempo em que essa região se chamava Gasconha. Fica difícil lembrar cada detalhe. Se bem me recordo, o acesso para lá leva a mil anos atrás, mais ou menos."

"Isso é muito confuso, esse negócio todo de levar a lugares e tempos diferentes", reclamou Bruce no mesmo tom em que reclamava das aulas de gramática.

Tomatinho tentou outra abordagem.

"Pense em Hipópolis como uma dessas grandes cidades atuais, Nova York, Londres, Moscou e Paris, que têm seu sistema complexo de linhas de metrô. Aqui é algo assim. As estações fazem você sair em partes diferentes do mundo. Só que não apenas lugares diferentes, mas tempos diferentes. Aos poucos algumas estações são fechadas e outras inauguradas – à medida que o plano avança."

Bruce estava impressionado. Já tinha andado de metrô com seus pais em Londres, em São Paulo e também na sua Brasília. Achava o máximo poder descer por um acesso e surgir do outro lado da cidade. Ele tinha decorado vários trechos das linhas de metrô e adorava decorar os nomes das estações. Aquele lugar era ainda mais interessante do que parecia. Se não bastasse ser uma cidade embaixo do lago, ainda dava acesso ao mundo todo? E ao tempo todo? Eram muitas as perguntas.

"E de onde mais vem gente para cá?"

"Não só gente. Vem bicho também. Como falei, são 70 locais de acesso. Acho que você sabe alguns dos nomes. Temos gente de cada continente do globo, além da Antártida! E de uns 5 mil anos para trás e uns 200 anos para a frente de nós."

Aquilo era sensacional. Bruce estava curioso.

"Qual o local mais longe? Tem alguma entrada no Japão ou na China?"

Silêncio na mesa. Um leve sorriso de Crepúsculo, antes de responder.

"Esses dois países têm dois acessos cada. Mas não são os mais distantes, não. Tem dois locais bem longe, mas bem longe mesmo, Bruce. É cedo para falar disso. Mas digamos que de lá não dá para ver o nosso Sol."

"Como é?" Bruce estava chocado.

"Exatamente o que você imaginou, mas não posso falar sobre isso agora. Você sequer decidiu se vai ou não se juntar a nós."

Bruce ficava cada vez mais perplexo. Juntar-se a eles? Seria para virar uma capivara? Morar em Hipópolis? Ele tinha treino de karatê no dia seguinte! E seus pais a essa altura já teriam acordado e estariam apavorados procurando por ele!

"Do que você está falando, Tomatinho? Me juntar a vocês? Sou uma criança. Não saberia nem como ser útil!"

Tomatinho olhou sério.

"Você foi indicado, jovem detetive. Um dos nossos agentes do Paranoá é que o indicou. Aliás, quase todos os humanos aqui entraram quando crianças. É como fica mais fácil recrutar vocês, porque ainda não enrijeceram a imaginação. Embora, sim, seja possível um adulto entrar, mas precisa, para isso, se fazer como criança."

"E o que eu teria de fazer? Seria para morar aqui? Mas posso ver meus pais?" Bruce estava se animando com a ideia, embora estivesse muito apreensivo quanto à opinião dos pais sobre isso tudo.

Tomatinho explicou:

"Bruce, não seria para morar. Temos, sim, uma população fixa que fica aqui constantemente. É o pessoal mais administrativo, por assim dizer. Ah! Se me ouvissem falando deles assim..." Tomatinho deu mais uma risada gostosa. Continuou:

"O restante de nós passa a esmagadora maioria do tempo em nossos locais e épocas de origem. Vivendo a vida normal do que somos e do tempo e local onde habitamos. De vez em quando somos chamados a vir a Hipópolis para receber uma missão, para avaliar o andamento dos planos e mesmo para desfrutar da companhia uns dos outros. Os acessos até aqui só abrem aos domingos, como hoje. Então seria muito simples. Se você aceitar, vai vivendo sua vida normal de humano, fazendo o que você já vem fazendo. E de vez em quando vai se sentir convocado para vir aqui. Eu e as *capis* fomos todas chamadas hoje justamente porque você foi comissionado para o 70º Contingente, Lago Paranoá, Brasília."

"Entendido. E que tipo de coisa eu seria chamado a fazer? E não entendi bem qual é a grande missão que vocês precisam apoiar..."

Bruce foi interrompido por um barulho de fazer a barriga sacudir, o ouvido estalar de um jeito que parece irreparável, os olhos fecharem e, em alguns casos, até um xixizinho escapar.

Muita confusão e rapidamente os cavaleiros armados deixaram a sorveteria decididos, em direção à origem do estrondo. Crepúsculo rapidamente ajudou Tomatinho a levantar, e eles, todos cobertos de sorvete, correram atrás dos cavaleiros. Os russos vinham juntos, fortemente armados.

4
A BATALHA

Sons de batalha ecoavam ao longe. As *capis* e Bruce avançavam corajosamente em direção ao barulho. Nenhum habitante de Hipópolis corria para longe da confusão. Bruce sentia em si a coragem deles, e a tomou como dele. Muitas vezes é assim: quem tenta andar sozinho foge de qualquer coisa; quem tem um bando justo e unido enfrenta até coisa pior que a morte. E era precisamente isso que estava tentando entrar em Hipópolis por um beco numa rua lateral.

"Bruce, cadê seu cinto de utilidades? Pegue uns batarangues!", bradou Crepúsculo.

"Eu já falei que não sou ele! Sou somente um menino!", respondeu Bruce, esbaforido.

"Menino ou não, vai ter que lutar", disse um dos cavaleiros medievais entregando para ele uma pequena espada. Grupos de moradores e agentes de Hipópolis se juntavam e um sistema de alarme soava. Uma voz feminina alertava de algum lugar: "Invasão no setor 9 Juliett. Enguias e leviatãs de fogo estão já alguns metros dentro do nosso terreno. Isto não é um treinamento".

Bruce tentava perguntar enquanto corria: "Enguias? O que está acontecendo?".

Crepúsculo gritou de volta: "São inimigos de Hipópolis. Eles vêm da cidade espalhada e tentam forçar a entrada aqui. Foram expulsos e proibidos de entrar, mas querem forçar sua volta. Devem ter de alguma forma conseguido ativar um acesso abandonado".

Tomatinho gritava com um brado assobiado que fazia o coração de qualquer amigo sorrir e criar coragem. Bruce levou o susto de sua vida ao virar uma esquina e ver o primeiro leviatã de fogo. Aquele ser parecia já ter estado em um pesadelo do menino. Era pior do que os monstros que imaginava saírem das sombras do armário de seu quarto. Era pior do que as coisas que via em filmes de terror meio escondido de seus pais. Era a própria cara do medo. Do tamanho de um caminhão betoneira, como o que ele tinha de brinquedo! E isso, porque o ser estava claramente meio encolhido para a luta. Um esgoto em forma de bicho. Cuspia jatos de sangue e pus. Das fissuras em suas patas escorria algo que lembrou o Bruce daquele líquido que escorre dos caminhões de lixo. Sua pele era pura lava, semirrígida, ora escura e dura, ora brilhante alaranjada. Seu sorriso maligno, enquanto devorava um dos russos, fez Bruce parar de correr e desejar voltar para sua cama quentinha, mas Crepúsculo o empurrou para a luta. O leviatã vinha acompanhado de alguns homens fortemente armados com ganchos em correntes.

Além do leviatã, havia um enorme contingente de algo que o menino só conseguia descrever como enguias elétricas de brilho vermelho. Era como se filetes de lava tivessem vida própria. Chicoteavam no ar e faziam horríveis queimaduras em humanos e animais de Hipópolis, que os atacavam com tudo o que tinham. Ao lado de Bruce, um homem girava um enorme machado de batalha e picotava aquelas enguias aos montes. Ele suava muito, mas sorria cada vez mais. Gritava coisas como "Venham ver Ulrico de Zurique! Venham! Venham a mim, seus monstros! Pelo Carpinteiro!". O tal Ulrico girava seu machado, e para todo lado os nativos de Hipópolis faziam o possível para conter as enguias e enxotar o leviatã.

A batalha foi feroz e relativamente rápida. Um dos esquilos conseguiu subir pelo dorso do leviatã e chegar a um conhecido ponto fraco desses seres: numa falha entre a terceira e a quarta vértebra da coluna, eles têm um pequeno espaço que permite enfiar algo forte e afiado. Quando o leviatã percebeu que o esquilo estava por ali, quis de todo jeito abocanhá-lo, e algumas das enguias foram tentar ajudar. Era tudo uma distração. Nisso, Crepúsculo, Ulrico e alguns guerreiros franceses e russos fizeram um ataque coordenado contra a cabeça do bicho. Embora fortemente encouraçado, ele não era impenetrável. Um lança-foguetes russo abriu uma enorme ferida na testa do monstro. Antes que sua pele se regenerasse, flechas dos franceses e tiros dos rifles russos ampliaram a ferida. Ulrico correu junto a Crepúsculo, que se posicionou de forma que o guerreiro pudesse usá-lo de apoio para um salto magnífico após uma corrida gloriosa. A machadada pegou bem na ferida aberta e praticamente decepou o monstro, que ficou com mais ou menos um quinto do pescoço ainda preso e começou a se debater jogando aquele sangue-esgoto para todo lado. Com isso começou um retorno desesperado para o beco de onde viera, a fim de tentar se regenerar, e as enguias e os homens maus foram embora juntos.

Com a fuga dos invasores, a cidade pareceu imediatamente ficar mais clara e aquecida. Selaram a passagem com enormes placas metálicas e um maçarico. Era apenas um bloqueio temporário. Precisariam de algo mais forte.

A vitória veio, mas não sem grande custo. Eram diversos os mortos dentre os filhos de Hipópolis. Alguns jacarés que haviam ferozmente lutado contra as enguias jaziam queimados além de qualquer salvação. Dez guerreiros humanos dentre os russos e os franceses haviam sucumbido por ferimentos diversos. Ulrico sangrava em todo lugar do corpo, sobretudo de um rasgo na coxa, mas estava vivo. Três dos esquilos não foram mais vistos e suspeitava-se que houvessem sido devorados. E, infelizmente, Crepúsculo não se movia mais. No momento de servir de trampolim e apoio para Ulrico, Crepúsculo aproveitou e aplicou uma baita mordida num tentáculo do monstro. Ele foi essencial na vitória, mas apenas alguns instantes depois da fuga do monstro é que o grupo percebeu a tragédia.

Tomatinho assobiava entre soluços, debruçado sobre o corpo de Crepúsculo, tentando que o amigo respondesse. Foi uma das garras do leviatã que, no desespero para fugir, acabou por fincar Crepúsculo no peito. Não havia nada a fazer. Apenas chorar e honrar os mortos.

5
NA PRAÇA

O enterro foi marcado para o final da tarde. No crepúsculo, é claro. Na viração do dia. Bruce não queria perder aquilo por nada, mas estava pensando em seus pais. Deveriam estar muito preocupados, mesmo. Não queria sua mãe chorando. Não queria seu pai nervoso. Mas como não estar ali? Precisava estar. Conhecera Crepúsculo há poucas horas, mas tinham o laço forte de quem derramou sangue junto.

Uma jovem capivara que o observara timidamente se aproximou e encostou a cabeça de leve no antebraço de Bruce. Como quem pede um carinho. Bruce já a havia visto junto ao grupo, mas antes ela não tivera coragem de se aproximar. Assobiou baixinho e disse:

"Eu sou a Glitter. Eu amava o Crepúsculo. Queria ter filhotes com ele. Acho que Crepúsculo gostava de mim também. Embora não tenha dito. Mas assobiava para mim de um jeito diferente. Estava esperando que ele me dissesse algo. Faça carinho na minha cabeça, por favor."

Bruce não ousou recusar. Fez carinho naquele pelo duro e firme.

"Sinto muito, Glitter. Você perdeu alguém muito especial. Acabei de conhecê-lo, e já sinto tanto..."

Ela respondeu: "Vai ser difícil hoje o enterro. Mas não perderia por nada."

"Quero estar lá, mas estou preocupado com meus pais e meu sumiço."

"Não se preocupe, Bruce. O tempo aqui avança independentemente do tempo lá. É como se fosse uma bolha. Você vai voltar no mesmo minuto em que saiu."

Foram para a praça. Lá todo mundo se encontraria para conversar antes de ir para o campo santo. Era um ritual importante, lembrar dos amigos.

Glitter não saía de perto de Bruce. O General viu aquela cena e os chamou para conversar à sombra de uma gameleira. Ainda faltava meia horinha para o funeral.

"O que acontece com ele agora, Tomatinho?"

"Oras, ele vai esperar a gente em Metápolis, Bruce."

"O que é isso? Outra cidade? Submersa também?"

"Não. É Metápolis, a cidade além de nós. Tem outros nomes também, é claro. É uma cidade-monte. Não, não é essa que estão fazendo por aí, lá do outro lado do mundo, não. O nome é o mesmo, mas essa

Metápolis que tem na Terra é no máximo uma tentativa de sonhar com algo maior. Deixa eu te explicar. No começo, quando o Criador nos fez, os animais, ele nos colocou num jardim. E criou alguém que a gente aqui chama de *O Jardineiro*. Claro, tem outro nome também. Tudo tem mais de um nome. Se até o Criador usa vários nomes, por que a gente não usaria?"

"Você está falando daquele jardim... O jardim lá do início do mundo?"

"Sim, senhor", disse Tomatinho, satisfeito.

"Conta para ele, General. Acho que ainda não entendeu onde está", interveio Glitter.

"Hipópolis é o Jardim, Bruce", Tomatinho disse com um sorriso muito maldisfarçado. Continuou.

"Quando o Jardineiro e sua carne foram expulsos, o Criador fechou o acesso para o

Jardim. Assim, não podiam voltar para lá, e se foram pelo mundo. Foi preciso colocar um mensageiro-protetor brilhante lá na porta para impedir a humanidade de tentar entrar no Jardim de novo. Quando o mundo encheu de água, nos tempos do Barqueiro, o Criador afundou o Jardim e deu a ele nova função. Ele se tornou Hipópolis, o local onde os que ele chama para ajudar na missão se juntam para planejar formas de atuar. Por isso os do dragão insistem em tentar entrar aqui. Eles nunca se conformaram com a expulsão. E sempre quiseram voltar do jeito deles. O Caçador que fez a cidade má queria criar uma alternativa ao Jardim. Mas se deu mal. Sua cidade foi espalhada. Os filhos dessa cidade espalhada estão aí pelo mundo. Odeiam Metápolis, mas insistem em querer ter acesso a Hipópolis. Talvez queiram, assim, impedir o plano."

"Espera, estou no Jardim?"

"Bem, não no que ele era originalmente. O Criador não deixou aquilo se perder, mas o transformou na cidade-base de operações. Aqui a língua ainda é a de lá, mas uma versão muito empobrecida, como já expliquei... Tudo aqui é assim. Mas não tem problema, pois aqui, além de ser um resquício, é uma prévia. Uma versão piorada do que foi o Jardim. Uma versão preliminar do que vai ser Metápolis. Essa, sim, vai ser tudo o que o Jardim poderia ter sido se o dragão não o tivesse enganado e feito todos nós sofrermos. Você está doidinho por Hipópolis porque não conhece Metápolis!"

"Fala mais de Metápolis. E da missão."

"Metápolis um dia vai descer e encher o mundo. Quando o mundo for preenchido de novo, não vai ser de água, mas do conhecimento do Criador em forma de sua cidade que desce. O mundo vai virar Metápolis. A cidade onde nenhum mal entra. Hipópolis não foi planejada para durar. Ela foi feita para atravessar todos os tempos e espaços, mas apenas temporariamente. Ela é o jardim perdido e alagado. Mas vai dar espaço a algo melhor."

"E a missão?", disse Bruce, quase sem fôlego.

"A missão é dos humanos. É contar a novidade de que isso vai acontecer. Só eles podem fazer isso. Contar sobre a solução do mal. E espalhar que o Carpinteiro é que conseguiu que fosse assim. Foi difícil, viu? Você conhece a história. Os humanos ficaram encarregados da parte mais nobre: contar a notícia. É a notícia que paira no ar. E a gente ajuda na logística. Às vezes conversamos em partes diferentes do mundo e da história sobre como ajudar a espalhar a notícia. Trabalhamos na logística de como levar a história do mundo em livro para todo lugar. Nós, bichos, criamos situações e tentamos contribuir para que certas circunstâncias ocorram, e assim a mensagem seja mais bem-distribuída, e para fazer as pessoas serem mais prontas para viver em Metápolis. Não é fácil. Mas tem seus momentos tão bons, que vale a pena. É isso, Bruce. A notícia que paira no ar. É tanto um suspiro meio gemido quanto uma notícia. Metápolis vem aí. Não tem quem possa impedir. O Carpinteiro-Rei triunfa."

Bruce estava comovido.

"E vocês estão me chamando para ajudar. É isso? Mas claro que sim! Só que não imagino como eu poderia ser útil. Eu mesmo não tenho nada para oferecer."

"É de gente assim que precisamos. Você acha que capivaras que nem sequer falam português são lá muito úteis? É quem usa a gente, Bruce, que importa."

Glitter se animou e disse:

"Que bom que você topou, Bruce. Obrigada. Crepúsculo adoraria saber disso. Ele tinha me dito que achava que você se juntaria a nós. Agora vamos, o sino já está dobrando por nós."

Ouviu-se o sino de bronze do grande salão, que ficava ao lado do campo santo. No caminho, Tomatinho refletia:

"O manuscrito diz que um dia a terra vai se encher do conhecimento sobre ele como as águas cobrem o mar. Sabe, é tudo sobre inundação. E justamente quando o mundo for inundado, não de água para destruição, como no dia em que Hipópolis nasceu, mas da verdade dele de um jeito inegável... aí Hipópolis não vai ser mais necessária. A missão terá sido cumprida. O Carpinteiro-Rei será conhecido quanto deve ser. Será que ele vai dizer 'Encheu, viu?'"

"E a cidade má que o Criador espalhou?", perguntou Bruce.

"Ela segue existindo espalhada pelas cidades que os homens fizeram", interrompeu

Tomatinho. "Não é a mesma coisa que Moscou, Honolulu, Amsterdã ou Windhoek, mas passa por essas cidades no coração dos seus moradores. A cidade má habita no coração dos que sendo de muitas outras cidades, ainda odeiam o criador."

"Agora vamos", disse Glitter, com um soluço assobiando, "já está começando."

6
O FUNERAL

Bruce ficou andando por aquele imenso *hall*. Majestoso como alguns lugares que visitara na viagem da Europa. Um ambiente que fazia uma pessoa abaixar a voz ao entrar.

Tenente Glitter, a jovem capivara fêmea, argumentava com Tomatinho, com a voz tomada de um fiapo de esperança:

"Eu sei que temos acesso ao Lago de Genesaré. Bem na época certa. Por que não podemos pedir para o Carpinteiro-Rei vir? Ele pode resolver isso. Já fez algumas vezes."

Tomatinho a abraçou com a voz, compreensivo.

"Glitter, querida. Ele já sabe. Ele sabe de todas as dores que acontecem no mundo. Não somente no tempo dele, mas em todos os tempos. Imagina andar por aí com esse peso? E ainda conseguir ser gentil? Ele não está neste momento perto do lago, não. Está mais ao sul. Mas sei que viria se quisesse. E acho que nem precisaria do acesso, não sei."

"Por que ele não iria querer vir? O Crepúsculo era um servo tão leal; vivia falando do dia em que encontrasse o Carpinteiro; dizia que iria assobiar para ele uma canção que compôs. Nunca deixou ninguém ouvir a tal canção. Ficava sozinho quando queria ensaiar..."

Glitter se acabava de chorar.

Bruce ouvia tudo aquilo desconsolado. Achava que sabia bem de quem eles estavam falando. Tentou ajudar.

"Meu pai me disse, quando morreu meu gato Tapioca, que, se Deus quisesse, poderia fazer ele viver de novo. Mas que Deus sabia que, por melhor que seja a vida de um bicho aqui neste mundo, é uma vida meio quebrada. E que um dia Deus iria refazer o mundo todinho."

Glitter olhou para ele com gratidão pela tentativa de consolo. Não fora sem efeito.

Tomatinho encorajou-os:

"Vamos, queridos. É hora de enterrar nosso irmão. É hora de chorar. De honrar. Hora de lembrarmos e de ficarmos todos mais sábios. Vamos, Glitter. Seu primeiro enterro... Sinto muito. Não vai ficar mais fácil, nunca. Se ficar, é porque seu coração estará num lugar difícil. Mas vamos. É hora de chorar lágrimas justas."

Muita gente estava presente no funeral. Foram vários caixões, de tamanhos apropriados aos seus ocupantes. Os esquilos, os jacarés, dois ursos polares, muitos humanos e a capivara Crepúsculo. Todos os que lutaram na batalha daquele dia mau. O salão onde se deu a cerimônia era grande, mas o cemitério em si era pequeno. Pouca gente morria em Hipópolis. Geralmente as mortes eram nos lugares de origem, e cada um era enterrado por lá mesmo.

Nisso, dois homens que estavam de pé diante do grupo e dos caixões começaram a chamar a atenção de todos para o início do serviço fúnebre. General Tomatinho falou para Bruce que eles vieram para ajudar na despedida. Um mais velho, outro mais novo. Normalmente, Ulrico teria cuidado de conduzir tudo, mas estava muito machucado e ainda se recuperando. Foi bom assim, pois a oportunidade de ver essa dupla era raríssima. Tomatinho apontou:

"Aquele senhorzinho é o João. Ele vem de um lago pequeno numa ilha perto da Grécia chamada Patmos. Ele já está velhinho. A pele toda queimada. Jogaram-no em óleo fervente e o exilaram nessa ilha. Muito sofrido. Mas você não vai conhecer um mero homem que seja mais amoroso que ele, não. Aquele mais jovem e barbudão é o Jean, de Genebra. A turma o acha durão, mas quem o conhece de verdade sabe que o coração dele é bem molinho. João e Jean vão enterrar os nossos heróis do dia."

João e Jean fizeram lindos discursos. Contaram de novo a grande história. Deram relatos animadores de como a notícia estava se espalhando. Falaram sobre as muitas dificuldades que o povo da notícia estava enfrentando pelo mundo em todos os tempos. Mas estavam animados. Prometeram que aquela dor seria apenas por um tempo. Depois de cada um falar por cerca de trinta minutos, foi dada a chance para quem quisesse dizer algumas palavras finais em honra aos que se foram. Diversos amigos falaram, e foram cerca de duas horas nesses elogios saudosos. Um jacaré recontou uma história sobre o Lago da Disney na Flórida, um dos jacarés falecidos na batalha e um catavento que arrancou suspiros de todos.

Nisso, João de Patmos virou-se para Bruce, com um sorriso amável. Agarrou o olhar do menino com o seu. Seu rosto queimado ainda era capaz de expressar um olhar muito amoroso. Não de amor bobinho, mas de alguém que amou o trovão antes de aprender a amar a chuva e o arco-íris que vem depois dele. As homenagens prosseguiam.

"Diga algumas palavras, General", falou Jean, lá de cima.

Tomatinho se postou junto ao corpo inerte de seu pupilo. Depois de um tempo, pediu a palavra. Subiu ao pequeno palanque para ser mais visível. Glitter estava com a cabecinha aninhada no ombro de Bruce. E falou com a voz cascalhada, mas clara e firme.

"Crepúsculo se foi. E a maravilha é essa. Quando nós vamos, é como o final do dia. O dia vira noite. A luz se vai. É como se o vento soprasse e mudasse tudo... é a viração do dia. E, nisso, é como se o nosso vento interno fosse junto com o que soprou rumo à noite. Mas não se esqueçam, irmãos de Hipópolis, que, quando a noite cai para um de nós, ela imediatamente acaba lá em Metápolis. Todo entardecer daqui é um amanhecer de lá. O dia vira noite aqui, e a noite vira dia lá. E o vento santo nos leva e sopra em nós por lá."

Tomatinho parou por um minuto para recobrar o fôlego.

Bruce perguntou, soluçando, para Glitter: "Você acha que o Crepúsculo vai ter as cicatrizes dele lá em Metápolis?"

"Acho que sim. O Carpinteiro-Rei tem as deles. Se bem que talvez seja opcional. Mantém quem quer. Talvez o Crepúsculo queira manter. Pois, por mais que tenha doído, ele sempre disse que conhecer a gente foi o dia mais feliz da vida dele. Tadinho. O dia em que mais sentiu dor, mas o mais feliz."

Tomatinho recobrou o fôlego. Enxugou os olhos e prosseguiu.

"Oh, Crepúsculo.
Irmão e filho,

Que Metápolis te aqueça a pele restaurada;

Que Metápolis te seja descanso e ânimo;

Que no monte santo onde não se faz dano, tu possas sorrir como quando rolavas nas margens do lago;

Que na multidão reconheças a ti mesmo como parte de uma manada eterna;

Que na amplitude dos campos e rios do novo mundo te alegres sem medo de perigos;

Que tenhas muitos morrinhos para rolar;

Que o Jardineiro te mostre onde fica a grama mais verde e te aponte o fruto que dá vida;

Que o Barqueiro te ensine a construir coisas. Com olho no futuro e sem medo do trabalho;

Que o Peregrino te conduza em viagens que te levem até as estrelas do céu, pois és contado entre os seus;

Que o Legislador te ensine a andar em vida cheia, com alegria de servir com amor ao Criador e aos que habitam conosco;

Que o Poeta te ensine a amar a beleza do mundo refeito e que contribua para a beleza da cidade-monte. Que ele componha canções lindas para você assobiar;

Que o Carpinteiro construa uma bela morada para ti, como ele prometeu que faria. Que sejas súdito fiel dele. Não tem nada melhor que isso em qualquer dos mundos.

Que aproveites em alegria, até nos encontrarmos no portão.

Não hei de demorar, irmão."

Quando acabou a cerimônia, os caixões foram lançados na terra.

João e Jean vieram falar com Bruce. "Olá, pequeno. Me disseram que você é o novo recruta", falou Jean, com sua longa barba um tanto emaranhada depois da agitação do dia.

"Sou eu mesmo. Bruce é meu nome", ele respondeu, sem conseguir tirar os olhos da pele queimada e enrugada de João de Patmos. O velho percebeu e perguntou:

"Deseja encostar nas cicatrizes? Sei que são feias..."

Bruce esticou um dedo com cuidado e tocou no rosto enrugado de João.

"Dói quando encosto?"

"Não. Hoje não dói mais..."

"O meu amigo Crepúsculo tem algumas. Eu também, mas não muitas. Acho que sou quietinho demais..."

João sorriu e disse, de um jeito muito gostoso, como um velho professor com um brilho no olhar: "Ainda há tempo. Certamente você as terá. Tanto no corpo como na alma. Não tem como ser um de nós sem colecioná-las. Cicatrizes parecem algo ruim, para muitos. Mas são o que somos. De certa forma somos nós a cicatriz no mundo. Este velho mundo foi ferido mortalmente. Muitos anos atrás. E nós, o que somos por causa Carpinteiro-Rei? Somos a cicatriz da ferida que vai apontar para o que foi sarado neste mundo. O que era letal aos poucos vai virando vida. E é nisso que você vai ajudar, pequeno Bruce. Conte a história. Ajude os outros a entenderem. Nossa história é tão impressionante... E o próprio ato de contá-la é o que faz com que ela avance. O mundo vai sarar. E nós sararemos junto."

"Obrigado, sr. João."

Jean entrou no assunto.

"Falando em cicatrizes, sabe, eu já tive um filho. Ele foi para a cidade ainda criancinha. Eu vejo você, Bruce, tão interessado e curioso, e me faz pensar nele. Sempre quis ter um filho para ensiná-lo acerca do reino e da missão. Mas ele foi levado cedo. Eu lembro de quando ele nasceu, e de como o marquei na água. E como sonhei em um dia contar para ele sobre a cidade final. Mas ele se foi. E isso é uma de muitas cicatrizes."

João pôs a mão no ombro de Jean.

"Eu sei que dói ainda, velho amigo. É estranho, mas, nos planos mais elevados que os nossos, é seu filho quem um dia vai te explicar como é a cidade. Hoje ele já sabe mais sobre ela do que nós dois. Assim como meu irmão, Tiago. Ele foi o primeiro de nossa turma a ir... e agora só restei eu." Os dois amigos se olharam com um sorriso melancólico. João continuou: "Bem, vai chegando a hora de voltar. Há um livro para terminar de escrever. Força, Bruce. Coragem e esperança, filhinho. Força, Jean. Desculpe, não creio que conseguirei terminar o livro a tempo de você escrever um livro sobre meu livro. Mas vá ensinando as partes que já te mandei."

E nisso os dois foram andando em direção ao resto do grupo.

Bruce ouviu General Tomatinho chamar com um assobio. E voltou-se em direção à saída da cidade.

EPÍLOGO

Depois de muitas despedidas e de combinar alguns códigos para saber que estava sendo chamado de volta a Hipópolis, Bruce finalmente voltou para sua casa na ponta de picolé.

Chegou, era cedinho ainda naquele domingo, e seu pai estava limpando a piscina.

Olhou para o pai e percebeu que não havia nenhuma preocupação em seu rosto. Normalmente seu pai ficava bravo quando ele sumia, mesmo dentro de casa. Mas não parecia preocupado.

"Nadando no lago, filho? Quase na hora de irmos à igreja."

"Foi…"

"Eu na sua idade também fui nadar num lago uma vez. Lá onde nasci, no Rio. E lá também tinha capivara, sabia?"

Bruce não entendia como o pai podia estar falando sobre capivaras. Ele sabia de algo do que aconteceu?

"São bichos interessantes, não é, pai? Mais inteligentes do que as pessoas pensam", Bruce falou com cuidado.

Seu pai deu um sorriso gostoso. Mas gostoso de verdade. A última vez que Bruce tinha visto ele sorrir assim foi no último título do Fluminense, que eles comemoraram dirigindo pelo Eixo Monumental e buzinando sem parar.

"Inteligentíssimos, filho. Fico feliz que agora você saiba que as capivaras são realmente especiais. Sabe, eu também já fiz a mesma escolha que você fez…"

Bruce mal conseguia se aguentar.

"A missão? Você também ajuda nela, pai?"

Seu pai deu um sorriso incontido.

"Sim, filho. Fico feliz que tenha aceitado. Eu que te indiquei. Há algo que paira no ar. E na água também. E vai além daqui do nosso mundo. Tem a ver com lugares que nossa mente não consegue imaginar. É a notícia. É a esperança. Quem compartilha desse anseio não são somente humanos, não senhor. Humanos têm o privilégio de ser aqueles que falam, quem contam a notícia. Mas todos de algum jeito trabalham para que ela se espalhe logo. E nem somente gente daqui do Brasil. E tampouco gente só do nosso tempo. Então, filho. Agora você já sabe o que é que paira no ar. Não é somente a notícia, e dela temos falado. Sabe, filho? O que o mundo percebe, no final das contas, é só a ponta do picolé. Tem muito mais coisas doces acontecendo..."

AGRADECIMENTOS

Agradeço aos muitos apoiadores que tive ao longo do projeto. Agradeço aos leitores, que sempre me encorajaram e desafiaram.

Agradeço a toda a equipe da Pilgrim e da Thomas Nelson Brasil: Leo Santiago, Samuel Coto, Guilherme Cordeiro, Guilherme Lorenzetti, Tércio Garofalo e muitos mais. À Ana Paula Nunes, que me deu a ideia de lançar um ano de histórias. Ao Anderson Junqueira, pelo belíssimo projeto gráfico. À Ana Miriã Nunes, pelas capas e ilustrações maravilhosas. Ao Leonardo Galdino, à Eliana e à Sara pelas revisões. À Anelise e à Débora, que por seu constante apoio fazem tudo ser mais fácil. Aos presbíteros e pastores da Igreja Presbiteriana Semear, por me apoiarem neste projeto.

Sempre há mais gente a agradecer do que a mente se lembra. Sempre um exercício prazeroso, bem como doloroso.

À Ana Paula Nunes, agradeço pela ideia e pela leitura *beta*, com valiosas sugestões. Ao Criador, por fazer capivaras e por capacitar o homem a criar lagos, pontes e histórias.

SOBRE O AUTOR

EMILIO GAROFALO NETO é pastor da Igreja Presbiteriana Semear em Brasília. É autor de *Isto é filtro solar: Eclesiastes e a vida debaixo do Sol* (Monergismo), *Redenção nos campos do Senhor: as boas-novas em Rute* (Monergismo), *Ester na casa da Pérsia e a vida cristã no exílio secular* (Fiel) e *Futebol é bom para cristão: vestindo a camisa em honra a Deus* (Monergismo), além de numerosos artigos na área de teologia.

Emilio também é professor do Seminário Presbiteriano de Brasília e professor visitante em diversas instituições. Ele completou seu PhD no Reformed Theological Seminary, em Jackson (EUA) e também é mestre em teologia pelo Greenville Presbyterian Theological Seminary e graduado em Comunicação Social/Jornalismo pela Universidade de Brasília.

De vez em quando, Emilio vai nadar no Lago Paranoá. Tem umas capivaras por lá. Tem sim.

Pilgrim

OUÇA A SÉRIE *UM ANO DE HISTÓRIAS* NARRADA PELO PRÓPRIO AUTOR!

Na Pilgrim você encontra a série *Um ano de histórias* e mais de 7.000 **audiobooks**, **e-books**, **cursos**, **palestras**, **resumos** e **artigos** que vão equipar você na sua jornada cristã.

Comece aqui

Copyright © Emilio Garofalo Neto.

Os pontos de vista dessa obra são de responsabilidade dos autores e colaboradores diretos, não refletindo necessariamente a posição da Pilgrim Serviços e Aplicações ou de sua equipe editorial.

Revisão
Leonardo Galdino
Eliana Moura Mattos
Sara Faustino Moura

Capa e ilustrações
Ana Miriã Nunes

Diagramação e projeto gráfico
Anderson Junqueira

Edição
Guilherme Lorenzetti
Guilherme Cordeiro Pires

Dados Internacionais de Catalogação na Publicação (CIP)

G223a Garofalo Neto, Emilio
1.ed.   Aquilo que paira no ar / Emilio Garofalo Neto.
        - 1.ed. – Rio de Janeiro: Thomas Nelson Brasil;
        São Paulo : The Pilgrim, 2021.
        120 p.; il.; 11 x 15 cm.

        ISBN: 978-65-56894-18-8

        1. Cristianismo. 2. Contos brasileiros.
        3. Ficção brasileira. 4. Teologia cristã. 5. Vida cristã.
11-2021/20   CDD B869.3

Índice para catálogo sistemático:
Ficção cristã : Literatura brasileira B869.3
Bibliotecária responsável: Aline Graziele Benitez CRB-1/3129

Todos os direitos reservados a
Pilgrim Serviços e Aplicações LTDA.
Alameda Santos, 1000, Andar 10, Sala 102-A
São Paulo — SP — CEP: 01418-100
www.thepilgrim.com.br

Este livro foi impresso pela Ipsis, em 2021, para a HarperCollins Brasil. O papel do miolo é pólen soft 90g/m², e o da capa é couché fosco 150g/m²